JN184051

総合詩集

絶対純度100%

子 伯

文學の森

目次

装丁　クリエイティブ・コンセプト

総合詩集

絶対純度100％

かがみては見知らぬ糸の先染めて出会いし色に心重ねん

過ぎてゆく流れもろとも万物の知らずと消えし時の門かな

蜻蛉切

蜻蛉切、秋風の野に立ち出でて
蜻蛉切、赤いあかねに夢宿り
蜻蛉切、秘するが夢の現われて
蜻蛉切、夢隠してもあらたなり

石

人は死ぬとき石になる
生きた証が石となる
生あるものは石を積み
石の上には今がある

道標

地に雨は吸われ　その暗闇より出でて足音高く死は蘇らん
人はいつかその死を悟るも　その思いに報われる事のあらざるなし
人よ死を覚悟せよ　そしてその墓標の上に虚無の二文字を削れ
人はその道しるべを頼りにせん

理想があるとして

僕は君にはなれない　それはよくわかっているんだ
君もまた僕にはなれない　それもよくわかっているんだ
お互いが一個の存在として生きる　二人とはいない人だから
お互い全てをわかり合うことは　ただの幻想に過ぎないのかもしれない
でも本当に心からわかりあえる　魂のふれあった二人で歩く一本の道を
君は歩いてみたいと思わないかい？

希望

晴れた空に一筋の飛行機雲が伸びて
ほんとうに何もない青空に一筋の飛行機雲が伸びて
そんな空を見れば誰だってある心を抱きたくなる
「希望」どこまでも尽きず伸びてゆく空に祈る

すれ違う人と人とは知らねどもふとしたあいさつ結びつけあう

夏満ちて結んだ手と手に火が宿り

置く小石一つ一つはちさきけど合えば崩れぬ忘れ形見よ

人滅しされどそびえる雪の山人の心に美しさは住む

袂切り川は違えどいつかまた海に流るる心は同じと

庭走る犬の吐息は荒くして窓より眺む景色は静か

柔らかな心に触れて君はなお空の頂目指す旅人

民救う会議の部屋はゴミも無くされど民の地泥にまみれて

揺るぎなき永遠と見ゆコロラドを川は流れて永遠(とわ)を削らん

君投げる直球僕は受けとめてカーブと生きた君の人生

廃屋の傍で花咲き蝶は舞う今亡き声名はアウシュビッツと

国民の命を懸けた戦でも過ぎれば僅か記すのみかな

過ぎゆきし人は心にたまりおり
たまりきた人よ心に蛍かな

手にとって愛する一品眺めては捨つる痛みを我は忘れじ

陽を目指し影すら消える春の鳶

引っ越して心の時も置いてこん

流れ出た我も地球のひとしずく大河となりて明日は生まれん

君は親友（とも）されども君は妻なればふれえることは許されじかな

春の鳶青の透（すきま）に消えてゆく

桃の原在り続くとは背くこと

消えてゆく怨みつらみも何もかも死とは愛しく思わす何か

松虫も夢を抱きし小春かな

蓮の花弥勒の素顔泥に消ゆ

出では消え鈴虫の声つながれし

君を知る我はいずこ?と問いかけり

流れうた人は何かを見捨て行く

子を宿す寒蘭の君あたたかき

生宿り藤咲く頃に一瀬立ち生まれ焔(ほむら)の出ずるときまで

傷の無き鳥などおらぬ峰越えて生涯(はて)の伴侶を探し得(う)るまで

ふれわかれ出会いし皆も千曲川

ただ桜、刹那を恨みつ今を咲く

ありのまま僕という人受け入れて君は歌うよ天衣無縫に

さくら花いつしか花も散りゆくや咲きたる想い覚めもせぬのに

人はまた永き時をば生きたるかみ空を染めし色は深きて

あの日から変わらぬ君を抱きては変わりし我を手鏡で見ゆ

つかずいる部屋のあかりがつきしときうち震わせて宿火は来し

裏切りを夜中にはたと聞きゐたり神にはなれぬよ愛し抜くなど

あの言葉べつに嘘でもかまわない君は嘘でも夢くれたから

動かざる子を見て母は哭きたるか生死を分けた狭間睨みつ

心風染みては空を探しゆくかわるものなどありはせぬのに

あの地震味わば如何(いか)で見えざりし我が身の咎(とが)の無きぞ悲しき

どこまでも曇り見えなき五月晴れ永遠刻みて非ざりしもの

砂のよにもらえど消えて狂おしく君から大好きまた聞きたくて

地球(テラ)の為死すべきは人哀しくも叫びて生きし死ねぬ我らよ

花もまた人と同じに生きたるか窓辺の今に花を飾りて

病むことの正しき世界救いなし

杜鵑草そこに二人は咲いている

泳ぎては越ゆることなき天河（あまかわ）のもがけば人の声ぞ聞きたり

無駄消えて無駄に生きたるもの死にて

罪人を灼くほど燃ゆる落日の祈るは平和の心なりけり

瑞穂なる光輝く大地にて土の温もり抱きて眠らん

かりそめの名のみ残してまた一人誰の為にかこの世に生きん

まゆきふみ土みえてなおまゆきふる

ゆくほどに刮(ひら)けど尽きぬ大河かな

払えども降る雪染めて実南天

分けきれぬおののめきふたつ底にあり

流れゆく今の川面が好きならば問うては消えよ過去の幻

尽くしては天の采配(さはい)に戸惑えど耐えてそ神の荒ぶり眠る

人ほどに草にはなきや？ 思ふこと

罪の無き青き空から罪の降る

魂を重ねて削がん言（こと）の春

冬かずら一つ逝く日の寒さかな

蓮の花過失の道の黄昏に

心石ただの石かと見ゆまえに君の影にそふれさせてみよ

黒人の流す涙は澄みにけり

川の町、人は三叉を行き交いぬ

階段を昇りて空に青深し

浅からぬ縁（えにし）は海の色に似て青空の青寄せつけずかな

赦されてこの世に生きる身であれど一杯の酒こんこんと注ぎ

残り香の時を越えても語り草

月氷のこゑ古美人の惑いあり

もみじ道朝来て帰途に新しき

鈍行に乗りて私は時を行く

じんわりと生きた分だけ色遅く沁み出て咲きし初桜かな

無欲なり獣の知性ヒトよりも

手に宿るハサミの技と住む笑顔髪落つ様は伸びてうれしき

字に宿る三十一文字は放たれて

露草の空より青し覚悟かな

基次郎も感じた蠅の想いあり

我知りた君と心の通うこと君会いたくてこの道をゆく

核という見えぬ空気に死んでゆく

貫きて咲くか水仙大寒に

雪溶けて早く咲きたる梅の香もつぼみの我にとまどいにけり

氷解け春の笑顔があふるころ交わした君に薄氷を持つ

無常なる川の岸辺に咲く花よ生きたる今に一筋の雲

鷗外のばかばかしさに宿る火よ意味ある無意味作品の味

かりそめのえにしむすびたときのはなうつよにさいたひとときのはな

君くれたひまわりの野にある心去れども尽きぬあの夏の日々

知りている虚飾の文字も真なりと

人恋いし宇治の山辺にひとり降る雪かき分けて探す野の草

若年の死には大成従えり

持ってはいけない心と記憶

み空から汚れなき雪ふりつもる　一度の生を生き果たすため
人はまた一から心つくりたる　白雪ふみて跡あるように
そしてまた人は空へと還りたる　心を染める日を待ちながら

遥かにて秋のマウンド野茂の悔い

我が心果たせぬ夢の残骸にわずかに残る優しさのあと

雲一つ無くば青空わかりえぬ

生きて修羅死して妙なる仏かな

銀閣の塗りしうるしは風のまま乱れた世経て受け継がれしか

どこまでも伸びてゆくかな鰯雲その一片たるを人は夢見て

契り

言わずにはおれぬか祖母の強き目に
果たせぬ契り固く結びて
お互いに分かりてされどうなずきぬ
守れぬ契り夢で果たして

刻(とき)と時

針の落つ音まで聞こゆ刻の中
書を読みて進まぬ時計静かなり
戯れる猫と遊びて夕日差し
寝起きれば進みて我は刻の外

時のネジ

空蟬は時を巻くこと果たしえぬ
能うは夢とただ記憶のみ
空蟬は時を巻くこと果たしえぬ
なつかし想う地に眠るころ
空蟬は時を巻くこと果たしえぬ
記憶の狭間ただ夢見しか

空蟬は時を巻くこと果たしえぬ
全てを受けて流れてぞゆく

君

過ぎ去りた暴風の横我はいて
見えぬ手傷に苦笑いかな
されどまた君の熱さは川となり
心の中を流れてぞゆく

秋枕耐えてこそ知る日々の味

刻と時越えて今日にか集まりぬ違うは長さ山桜散る

ふまずとも誰かが踏みしまゆきかな

残り少なき夏

その日儚く散る花もあれば
名残り惜しみて散らぬ花もあり
ああ残り少なき夏よ
今我を包まんか

今日夢見る花もあれば

明日に懸けて耐える蕾もあり
ああ残り少なき夏よ
今秋を感じんか

全ての花は今うつろう
時は戻ることなき
流れをただ戻すは
夏の日の記憶なりけり

芥川

我いつも人の紙背を気にしたり
一にならずや他が道ゆきて
されどまた我は書きぬか一とても
我の思考を止めるものなし
苦しみの中で我とはどこにあり
錆びゆく中で命閉じても

心から醒めたる思い消ゆるなし
今こそ問わん我が道の果て

透き通る水母(くらげ)はなにを育むや

数あれど残りし思い時の角

桜咲く川の岸辺に匂ひ立つこは逢瀬ぞと人は言ふなり

澄みてなお悟りもとめし菩薩たち

生き抜いた止まらぬ人の人生は使ひ古しの辞書といふもの

遠吠えに命ざわめく赤き夜

おもいでを汲めどもつきぬ花仏（はなぼとけ）

芍薬も悲しみ一つ抱えたり

戯れに鳴こうか我も雀らと差し足迫るねこ見据えつつ

死してなお生者の希望抱きたり

ピエタ

去りてゆく心哀しき晦日（つごもり）の隠れて母の手に留まりけん

時のあと今みてこその仏かな

風のままどうと母は生きにけり去りゆく時も風でありたし

神木は未来と共に過ぎ去りぬ神代の頃も今覚えつつ

神のなき時なぞいらぬふるさとの六地蔵にや手を合わせては

現世(うつよ)にて病に臥せる人は皆いつも心にやまとたちばな

親友

去るものを追わずか我も影法師
時を離した我のあやまち
人として信と節度を守らざる
溺れた我に去来するもの

弓張りてたわめる時の真ん中に放たれし矢は正鵠を射(う)つ

匂うべき心佇む魂のよせては消える海山(みや)の幻

摘みし人己がのみに花を摘む花だにあるに君あらぬとは

道ゆきて妻と二人に偲ばるる在る日の想い遠からんかな

波風の立ちぬこの世の浮き姿かすかな生は叶わぬと知れ

静かなる時の定めに咲く花よ空はいつにか澄みゆきたるに

有る命守りて言を紡がんか一度絶ゆべき血脈なれど

静かにて命の雫こぼれ落つさよならしたりその一滴に

叛弐敗夢(ハンニバル)は祖国の自由のみ

風ふみて駆けていかんよ冬の空よだかの星になれとばかりに

在りし日を想うか胸に残りたる君という名の頁めくりて

寒き夜に生きゐる我が身かへりみて育ちていきぬきらの如くに

想いてもゆくたび心はなるるかましてや今にわだちあるべし

神君も時代を盗れば狸なり

風吹きて町では鈴が湧きにけり

読書

あえて今新しきとこ読まずいる
過去たる余韻あらざりしゆえ
新しき頁めくらずもの思う
過去たる余韻求めしがゆえ
新しき頁めくれば過去は死ぬ
それが私の読書観なり

爪伸びて切るのは電話のみならず
何なれとどこかでただにありのまま君の素顔でいて欲しいから
その刹那どこにでもなき覚悟かな

ひらかれた眼より時代は始まりて天より拓け時遅れつつ

行く春や落ちぬ情けを零したり

時過ぎて振り返りなば行く春のそれでも綴る人生のあと

夢一人雲の渡りは今いずこ

旅ゆけば心の余白ありにけり

心の友

君の心はどこ　僕の心はどこ
みんな流れてゆくどこまでも終わらないまま
僕の心はどこ　君の心はどこ
君は僕を求めでも僕もほんとは求めている
君は去る僕は行く　もう二度と交わることもなく
生きていればまた会えるのか？　旅が終わらない限り
そして僕はゆく君はいる

溺れたけれど努力はしたよ？
でも君は許してくれなかったけどね
もし旅に出ることがあったなら
僕は僕なりの努力をしよう
それが僕の全てではないこと
君はもうわかっているよね？
今また僕は旅に出る
今度の旅はどれくらいだろう
でも僕は心の友を求めて
今日も静かにどこかの街角で誰かを待っているよ

平和鳥、血を流しても平和なり

我はただ雀の仕草愛したり求める鳩に目を閉じて去る

貫きて己を抱く野花かなひととき止んでまた誰か継ぎ

地の底に潜りて我は何年目せめて空だけ見ゆるが救いか

残したり書画の中にか息づかい死すれど消えぬ魂の場所

青空の青には天を託したり

何一つ持てねど胸にたまりたる禊ぎて行かん藤波の先

ソラという閉じぬ心に誠あり

身に降れる真の言の葉やみ深き我をひきたる標なりけん

身にふれる心の言の葉やみ深き我をひきたるしるべなりけん

窓あけて思えば空と一なりし

わたくしを真抱くほどにありにけり

夢でいいただそれだけに夢はあり

百舌（もず）と贄（にえ）

食い尽くす百舌は贄をばかえりみず
食べ切れぬ贄狩る百舌に理想なし
この未来なぜに枯らして百舌と贄
地は残り百舌と贄はば滅びたり

君一つ我と重ねて人一つ憎めど死せど愛すべきもの

見つけたり親友（とも）にとなりぬ好敵手涯（は）てなる予感広がりし空

古き箱に初夏の光を閉じ込めて一緒に籠めし過去だけの花

時経ちて君の影すら踏めずとも未だともしびありにしものを

たまりゆく心の澱（おり）はいつかまた波間に出でて我を詠わん

去りて今知る人ぞ無きこのそばの石だたみさえ歴史ありなん

努力と時と才と

たわみゆき矢は放たれて的を撃つ
正鵠打てば知る人ぞなき
現われて人の中にぞなかりける
磨きし技の継承者なり
撓みゆき人知れぬかな歳月の
目覚めたときに為す術もなし

起こしては目覚めを力変えにけり
持ちたる才のそれぞれにあり
過ぎ行きて撓みし梁は戻らずか
極めど無為の時あればこそ
人は皆おのれの才を磨くかな
一代に一人究むるは誰？
時過ぎて努力をいつか打ち負かす
戻した才は世に出でにけり

残照

ああこんな空もあるのか
ああこんな空もあるのだな
空のあぜ道を通って
雲の田がそのまま流れる
あぜが所々消えはじめて
田は一つになっていく

いや分化していくのか

もうすぐ日暮れだ
しかし最後の光まで抗って
陽が沈んでいるのに
まだ明かりはあるじゃないか

不死ならぬ生命（いのち）の鎖繋がれて思えばいのち紡がざりけり

心にぞ折りたたまんか悲しみの燃ゆる火おいて眺むるがのみ

噴煙を上げし溶岩（マグマ）の彼岸花日暮れのときかひとときに咲く

また会うと楽譜に希望託したりたゆたう調べ別れの曲に

贖(あがな)いに涙をたれて曼珠沙華

自らを壊して人よどこへ行く還ることなき哀しみの地球(テラ)

ゴッホを想う

夢のなか引き裂かるかなこの身さえ
埋めざる違い明らかにして
やはり君われとは遠き果ての人
ただ我現実描くのみかと
されば君遠き世界に旅立ちぬ
我もまたして一人旅行く

ひまわり

ひまわりに込めたる想い君もまた
感じるこころまた美しき
それぞれに旅立つ二人ありしかど
そこには何かある物語

黄昏に君は（ふたり）ひまわり求めしか愁怨（しゅうえん）越えて差した晩光

時経ちていつかは知りぬ空のこと

君は枷(かせ)、自由にもしてななかまど燃ゆる火焚いて天高くあれ

思惟(しい)感じまだめくりえぬ一頁

ひかりなきこの世の全て闇夜あるこの深き世にひとすじの空

駆けてゆけ雲の天馬(ペガサス)秋の空地上の鎖我知る故に

蜘蛛の糸、弥勒の思いましてなお

言は土、芽より育ちぬ君の子に初めよりある贈りたき詩集（うた）

澄みわたる空は母への贈り物（プレゼント）

何も無きものなどあらぬこの声にふれたる君は何を想いて

エデンの東

遅き道だれもが通るこの小径失い失せて遂にか着きぬ

雪降れど土筆は遂に抗えり

不如帰われは死のうへ何もかも

生の終わりに

連なる山に流れ来た人生
変わらぬ今のかえらざる現実
ふり返みれば常に剣呑はありて
流れる川の湧き出ずるが如し

晩秋今幾ばくかの時はありて

厳冬今ここに近く見ゆる
喧騒いつもここにあるが故に
我が泉涸れざると知るを得たり

今我がうたの意味を問いて曰く
我の暖かき温室を知ると言えり
今日皆地球を喰わんとせる時に
我が詩いずくんぞ何処(いずく)へと行かんや

薄暗く静かに燃える日はありて面（おもて）の裏にざわめく火あり

青の星心と共に壊れゆき

何あれど我が名は蛟（みずち）、天を行く

再夜那良（さよなら）

交わりは無ければ心寂しけど素直な孤独君求めたり

ゆうがおもひとつのいのちみろくのひ

我

虚無ありてそれでも人は生きゆくか
抱えた業はとわ消えずして
孝越える母への愛に自信なし
されども為に我生きんとす
生きゆかばいつもに苦をば抱えしか
楽あればまたひとときのこと

我は行く天に蛟の如く行く
地上の騒を離れてもなお

我泳ぐ暁の海緋色にて自由なかもめ見上げんとする

交わりて心の中でふれたるか定めと想え守るべき使者

滅びてもこの身で護る命あり誰(た)が為なんてもう分からなくとも

有り難うそう言える日はきっと今しがらみ越えてつながれし今

心あるたけのこ竹と出ずるとき幼き我の望郷を見ん

思わざるこの黄昏に涙落つ

真剣の抜き身に光る刃の美奥にて咲いた哀しみの錆

再稼動夢見る阿呆罪を生み

ふとした言葉

ふと投げかけられた言葉
心にはそんなに響いていないはずだったのに
なぜか涙が出た

年月

鋭きを変えてこの世に育ちたる
大人の頁今開かれて
古き書を観ては今にて分かること
鋭く読める時過ぎ去りて
鋭きを失くして今に成り果てぬ
代わりに深さ身に携えて

思わざる時の速さを行けばこそ
行く道小径求めるも無く

心の人

君求めその断絶に我を見る
されども触れる我寂しくて
一人では耐え切れぬかな魂の
ゆえにか結ぶ分かりえぬ縁
君あらば慰むるかな我が心
世界の端に君散らばりて

忘れない君忘れども忘れない
路傍の石も一つきりゆえ

野花

枯野咲く野の花はまた不思議かな
名も無き花の身に宿りたる
この夢はどこまで続く夢なるか
秋野の果てに枯るるぞと知れ

触れないで。心の中に咲くままのあの日の僕を思い出にして

我（が）を捨てて全て与えしわが母に林檎ひとかけ食べて欲しかり

あればこそ時越えてゆく花の蕊（しべ）

私

ふれてみて己が心の寂しさを
抱えてくれる人ありなんや
他の人と分かり合う夢抱いては
突きつけられた断絶を見る
自らに出会えるものは己のみ
そんな答えに見る冬の空

帰り来る手紙の時を想いけり

みなとりぬそれぞれにあるさくらばな

忘れない我の幸せ女神(ミューズ)の灯去れども胸に輝きしもの

風打てど慈母のまなざしなりにけり

澄み切りて大寒をゆく心かな

曇天に光を抱く四温かな

松葉ガニ

身に染めてくちに触れるか淡雪の
立ちくる香り舌にのぼりて
口入りて潮の香ふくむ甘味あり
溶けゆく様は雪の如しと

こぼれゆけ冬には冬の寒椿

読み返す本の深さは今の我森にて探す旅路ある果て

風あれど我はゆくかなこの道をほほえみかすか浮かべんとして

澄みてゆけこの春の夜にもどり雪見果てぬ夢は後の無き夢

陽の春や一葉に動く時の影

けぶる日や陽には薄雲かかれども

福島——四川——沖縄

たけき者ふるき者ども重ねては
汚した者に万余の報い
地に荒れど残るるものの多かりし
地は鎮まりて核無きがゆえ
核無くば離るることの無き故郷
辿りた先は米軍の街

街の灯の在るだけこころ点きにけり

脱ぎてゆく心放ちて空蟬の残せぬ定め晩夏にて落つ

鳴動す冷笑(わら)うか鼠一匹に

交わす言葉

いつの日か君は静かに舞い降りぬ
掬いし言葉胸に沈みて
我もまた君の言葉に応えたる
枯野にあれどひとときの夢

落ちてなお時過ぎゆける椿かな

核浴びて紡ぐかいのち福島に

友はみな救われぬ手にこぼれゆき哀しき我を振り返り見ん

くもだより異国の空を教えませ
日中（ひなか）より夕陽はなぜか輝けり
見初めては耳朶まで染めて山桜

道ゆくか心を此処に置きたらば残すことなし一抹の泡

思に沈み君が為にか初霜のたまりた滴こぼれんとする

白亜紀の夢閉じ込めて琥珀かな

もしそれが大人になるということなら

もしそれが大人になるということなら
私は大人になることを拒否するでしょう
もしそれが大人になるということなら
私はその心を拒絶するでしょう
もしそれが大人になるということなら
私はその恥知らずな口を縫いつけるでしょう

もしそれが大人になるということなら
私はそういう人生は決していらないでしょう

もしそれが大人になるということなら
私は他人を決して裏切ることはないでしょう
もしそれが大人になるということなら
私はどこまでも心を澄み切らせることでしょう
もしそれが大人になるということなら
私はいつもにこにこ笑って愚鈍の如き人生を歩んで行くでしょう
もし私がひとつ選ぶとしたら
私は人の心を大切にして生きて行きたいです

終焉

埋もれゆけ我が名知らずもこの歌に
籠もる真実ひとつありたし
果てのなき想い抱いて冬月の
隠るるままに生きる身よあれ

知るということ

秘められし言の葉よりか君を編む
幽かに世界積み重ねつも
されどまた君は心の自由人
縛れぬ思いより強くして

少年の心

目には涙をためて
こぼれてゆけこぼれてゆけ
広い野原に立ちて
走ってゆけ走ってゆけ
熱い心をぶつけ
流してゆけ流してゆけ

君はまだ少年だ
その心を失わないかぎり心はどこまでもある
春はまだ心にありて
野にどこまでもある
この広き大地に尽きぬ
誰もが思う少年のあの日

この世界、人、神

この世界は悠久の命を生きる神が戯れに付けた火かもしれなくて
でもその神を生むための最初の火かもしれなくて
この世界にあまたの神が生まれ生きて
その神の細胞の一つかもしれなくて
でもその神はどこから来た？
この世界はほんとうにたった一つだけか？

私たちの中にもそんな宇宙が広がっているのかもしれなくて
そしてそれはたった一つの白血球の命かもしれなくて

分かっているのはこの世の始まりと終わりはあるということ
僕らはその限られた世界と時間の中で精一杯生きてゆくだけだと

光

人は包まれて生まれ
また人は去っていく
孤独を抱え
また何かを求めながら
孤独はある
でもそれだけじゃない

必ず朝は来て
人は光に包まれる
人の介在しえない
地球の優しさとして

何かを感じろ
そして思い至ればいい
この無縁社会と呼ばれる
さみしき世界にも

奇跡

この薄暗き世に
この矛盾ある世に
背けず目を見開いて
最後まで心を持つ

苦悩は無く

辛苦も消えて
耐え難き世に
今ここに至る

挫折ばかりで
奇跡を望み
平凡も無かったけど
奇跡も起きなかった

このなんという奇跡！

いま命あり
いま意思のあり
せめて目だけでも前を向いて
生きてゆこうか

野のいのち生きぬかいつも福島と

名前見て顔無き記事を想いけり

初夏の雨飾らぬ君は靄の中

雲無くば夕陽の居場所なかりけり

早すぎる朝顔の花ひとつきり

置いてゆくアカシア我をひと夏に

蓮を見る心のうちは曇りでも

汀みて帰らぬ君を想いけり

夢ありぬ小さき我の汀にも

道

自らを悟りて命触れたるに
ペン先ほどが過ちて消ゆ
毒運ぶ蟻らの列に投げかける
陰ある視線目を閉じて切る

ましろにか生まれて人は大江山

幸せは無きより知りし犬ふぐり

飛んでゆけ涯てなき空へ赤とんぼ

赤とんぼ涯てまでゆきて曇りなし

あの日見た心のかたち現世草(うつよぐさ)

我の時、母の時より生まれ来て

どこゆくか奪わるいのち野辺の草
時は行く思える人を乗せたまま
宝箱開けてみようか夜明け前

雫

この世界の中で
僕は扉を開こうとした
落ちぬ雫望まぬ世界
だけど僕は一つ雫を望んだ

瞬（とき）

花吹雪まぎわにて知る人の道
求むるかもう暮れなんとする日にも
散る間にもおもい乗せれば地は遠く
持たざるかほんとのこころ影光

今日

人は明日だというけれど
明日のいのちはいざ知らず
今日の一日精込めて
今のいのちを生きましょう

今日は何もが無かったと

人は本気で思うけど
根っこにゃ何かたまってる
ほんとの何かたまってる

あしたは明日の風が吹く
本気で思うそう思う
それでも行くか一日を
今日の一日往くゆえに

愚かな私

ハンデを言い訳にして甘え
好きなことだけをし
思いやりの無い私

でも私は決めた
良心に従って生き

人を裏切らず
少しは思いやりを持とうと
それはあくまでも希望だけど

そしてたとえ裏切られ笑われたとしても
なるべく愚直に生きていこうと
自らの生を地獄に持っていけるように

己をなるべく飾らず
得るものがあれば包み隠さず報告し
一つでも多く何かを掴み取って死んでいこう

心こそ全てと
それが心ない僕に与えられた最後の試練だとしても
希望を捨てず

私の誓った最大の希望が
「全ての希望を捨てよ」
そんな言葉だったとしても

私はその希望を胸に
死ぬまで生き続ける

或る夕方

七夕は雨とともにか過ぎゆけど
今見た雲は黄金の川
書き終えて再び空を見上げれば
空一面の青色の海

くれないに長く伸びゆく草の影伸ばせど胸に届かざりけり

遠くゆく我の重さを噛み締めて誰にか告げん残されし刻

秋晴れやここにて在るという真実（まこと）

大宇宙尺取虫の如きもの
きりぎりす去り行く我に「うん」と言ひ
我は無きアルジャーノンに花束を

鯨ゐる墨一色の世界にも

我往くに波一つ無し曼珠沙華

さよならをあるだけ抱いて小春の日

涙食べ溢れる君の貘が居り

雪曇（ゆきぐもり）、顧みてまた空を見る

修羅超えてただ一瞬のすみれ草

触れて知る温もりを今夕紅葉

届きしか私のこころ君の手に色づき宿るもみじ一枚

交はりの一瞬の火や才と云ひ

火花散る人云ふものと生きる時

冬の花澄みゆく答え君が持つ

生まれ来て初めての花かへり花

詠えない私の阪神・淡路大震災

ほとけ見ゆたけのこ竹となる前に

落ちながらまだ絡みゆく浮世の葉

覚めて知る死ぬまで我は狂い花

鷲の国終わりつつある白と黒

恵方巻黙って食えぬ弱き人

届かぬか凮の置書きもがり笛

功罪の積もる吹雪や街の角

母ともに過ごすか時のウヰスキー

傾けて母と一日を生きる春

尽くせない我が身はこんなうた時計

渡り鳥絶えなき地図を繋ぐもの

身の錆を引き受けて咲く寒椿

受け入れて錆びゆくままに蜻蛉切

声荒げ理想は遠き春と修羅

そこ在りて何は言わねどすみれ草

引き受けて我は地球の孤独なり

春月の落ちゆく速さ加速せり

汲み取れず思い出はただ春の草

みな白き心も持ちて春の雲

開かねど夢惜しまずに花つぼみ

行く我に跡問いしかな花つぼみ

春寒や僅かに笑みて修羅を行く

ぶらんこや痛みの空は誰のもの？

ひらかずに夢だけ見てた花つぼみ
自分色春の機関車終わりなし
目を止めよ散りゆくまでが真の花

生きるとは頬に無窮の岩清水

凍蝶や目覚めてこぼす春の色

ありがとう心のことば夏隣

惹きつけてやまぬか我も人なれば寂びある野にて広がんとする

人といふ奇妙なるもの河童の忌

口惜しく思えど我の無き世にて此岸に薫る花は愛しき

宇宙とは玉ねぎの皮果てしなく

殻抱いて潜かに進め蝸牛

鉄の塔永遠を知る紅蛍

夏草や生者を分かつ意志のあや

始まりが始まりつある蟬時雨

月満ちて触れ得ぬ本の始まりぬ

羽ばたけば雀も鷹の威風あり

凸凹のあじさいの花まるく咲く

沙羅の樹や僅かなときを君といて

空

空が見たいのに
まだ空は真っ黒だ
瑕疵のある私が
空を求めたとて
空は表情を見せてくれない

生きている私の

変わっていく空に
朝が生まれ
夜の帳は降りる
罪は無くとも生そのものが罪なのだと
空はそっと教えてくれた

毎日痛みの無い青空を見ているのに
過去と現在、未来はどこからかやってきて
まるでその裁きが無ければ
僕という存在はあり得ないように
どこまでも私の罪を責め続けるのだ

執

吹き荒ぶ花の嵐を道連れに
踏まれる花をかへりみてみん
行く道の尽きる定めと知りながら
春蚊の打つを止めずゐる我

行く宛もあらずや今日も神さびる眠れる木々の中に眠らん

世を異としそれでも結ぶ縁あらば離れ難きはただ我のみか

死と居りてみな惜しむべし花の瞬(とき)

死ぬ時は一緒がいいね心太

戦世の黄昏見たし半夏雨

蟬時雨それぞれの孤を知りにけり

人の虹裁きの後の青時雨

死は詠う努力を越えて等しけれ

この全て剝がせば中に地獄あり

滅びあり繁栄肺を病むからに

人の花人喰らうゆえあと僅か

誘はれし学びも行かずはにかんで秘めゆきをれば紅葉散りけり

六月の花嫁今やどこにあるあの日の理想語りしはいつ

法頂忌おのれの位置を確かめつ

好き切りて思い出あらば杜鵑草重ねて二人残すことなし

聳え立つ言葉にならぬ繋がりのそこには何か暖かきもの

君はただ真夏の夢を見てる人風の音峻(たか)き現実の人

万華鏡花びら入れて桜咲き

小春日のほとけの笑みのいずこより

初花も時去りゆかば色失せて鏡の色は濃くなりにけり

瑠璃(るり)蛺蝶(たては)色鮮やかに死ににけり

時行きて孤独の町を拾いけり

行く道の恋ひ惑ひては果てもなく静かに五山送り火を焚く

去り行かば真夏の果てに夢も見ん秋近からじ暦過ぎれど

今日ににか旅立つ舟を傍で見ていとしきいのち時はかりそめ

果てもなしどの道ゆきて秋あかね

光浴び如何にか行かん桃の種

秋月や私の意義を超えた人

青りんご我にぶつける過去の君

ひな、鷹と成りて大空羽ばたかん放せよ今が卒業の時

砂嵐渡りて篤し乾闥婆(けんだつば)

命の日あきむしと夜を更かしけり

色編みて紅葉ありける謡歌(うたいうた)その色あてに君は迷うか

二度は無く紅きも色も散り染めて川面に映る永遠(とわ)の流れよ

色編みて崩れる時の真ん中に野分の朝は流れてぞ行く

行く道は我が道なりし最後まで秤は我のうちありしもの

光

なんて言えばいいのだろう青空は光だった

しゃれこうべ目線は高き寒昴

置忘れ残した紙の断片に天狼星（シリウス）光る命閉じても

分かりつも皆走りけり狗の部屋

すべて往く理由（わけ）あらざれば胎蔵界

涯知れど未だに見ゆは朧なり極めたき道たましひをして

雪の朝囲炉裏にくべよ我の詩（うた）

遠き日やしぐれの色は僕の色

嵯峨もみじ身を投げ朱の境なし

かえりみて捨てきし糸の色の数捨つるのみでは無き冬の空

言の葉を染ませて過ぎし時の鐘いつ鳴らさんか鳴らさずが良し

またゾンビ原発忌いつ？ 蟬時雨

遠き手に触れ得ずにゐて散紅葉

固まりて赤突然に曼珠沙華

尽くせども去り行くこころ時雨の日

露嵐世界の惨禍止まらず

あじさいや変わらぬ過去の上に咲き

散紅葉風無き異郷横たわる

送り火や五山に惑う恋の花

命の灯かすかな道も朧なり

行く舟やどこまで澄みし月のあと

何ほども大河一滴夕しぐれ

なにもなくただなにもなく命あり

枇杷の実やふと訪れた父子の機微

語りえぬ過去飲み込みて棺の菊

魁けてたゆまぬこころ銀の匙

空蟬の朽ちゆく覚悟われの咎

騙されど君親友(とも)でいた青き夏

陰の中みな朝顔は背きけり

介護受け我のみ食す桃の味

純な空わたしは何を変えただろう

原爆忌放たれどまだ隔てあり

女神の手宇宙を宿す揚羽蝶

歩を止めず人なるゆえに人ゆえに

揚羽蝶ほとけの意思はそこにあり

人といふ安息はどこ?　盛夏逝く

一度きりされば瞼に生の夏

鳴くたびにひぐらしの針ずれにけり

名月や沁み込む強さ置き捨てて

テロ無き地、黄昏の吹く秋津洲

おもざしを求めて秋の瞼かな

孤独とて地球は一つさつまいも

月静か慌てて行きし日付けかな

また一つ花たましひと曼珠沙華

君と居て我はいつまで薄紅葉？

ゆえありて震える時の真ん中に釣り竿ありし起こらない瞬(とき)

いつもある心のかたちまだ見えずみ空の深き真ん中にいて

いずこより詩想の出るや夜の秋

行く秋や何あれ我の澪つくし

亡き人の日々編みてをり矢車菊

いと高き夢抱かれて冬のなか

天高し我は虚空の一頁

求めしは葉は六つばかり真四角の獅子柚子ひとつそこにある大

詩により結ばれし子と母の持つひとつのぶどう晩秋の味

彼方より来たりて惑う短日のかすかに見えし人という花

行く秋や振り子の重り止まらず

鈍行や人のこころも留まる駅終わりはあらず立ちてまた乗る

手向けし花

今は無きヤグルマギクの
青にまさる青は無かりし
今は無きヤグルマギクの
心にまさる花は無かりし
すでに絶えたヤグルマの浮かぶ
時越え写した飾り一面

すでに絶えたヤグルマに浮かぶ
青の涙どこに消ゆる

生を隔て声をあげず
遺すものは記憶のみか
ただ彼の心を受け取りし王妃たちが
日々と編んだ飾り一枚

狂ほしく乾いたふたり草の露

暮れ行きぬ光は誰と分かつべきまだ木に残る冬紅葉見て

いつも透過してた全力かけら見えて夕暮れ

青の月どこまで我はオリジナル？

しらやまの白き壁の辺おく霜の見つれば忘るかやぶきの屋根

いつの日も私は肩を押してあげいのちの涯にさよならを言う

いつか通過したはずの看板　書かれていた青春の二文字

冬のバラ会いたき人を過去という

月天（つきてん）に流れ来るごと光堂静かに閉じて去り行くを知る

暁を越えてほのかに空の色散歩に行こう朝焼けを見に

咎ありて指の先まで冬の雨

教わりて雪解の空や光堂

行く秋や我も事象の一つなり

時経てどまだくれなゐの夕陽かな

あとがき

私は十七年前まで心無い人でした。それがある機会を得て、人として徐々に生まれ変わることが出来たように思います。その人生の軌跡をここに残したいと考え、今まで書き溜めた中から選んで一つの総合詩集として出すことにしました。

人生を限られた時間と思い、少しの魂はここに入っているだろうかと自問しながら、ここにこの本を上梓します。

私の詩や短歌は、意味や文法的正しさよりも大意と音楽性やリズム感を重視しています。

いつも明るく対応してくれたり、誠実に編集に励んで頂いたりしたスタッフの皆様に感謝して、このあとがきに代えさせて頂きます。

この本に携わった皆様、どうもありがとうございました。

平成二十八年一月四日

子伯

略歴

子伯（しはく）　本名　横山健太郎

昭和45年　兵庫県生まれ
中学の頃より詩、特に萩原朔太郎に親しむ
1998年頃より詩作を始め、今に至る

総合詩集

絶対純度100%

発　行　平成二十八年四月五日
著　者　子伯
発行者　大山基利
発行所　株式会社　文學の森
〒一六九-〇〇七五
東京都新宿区高田馬場二-一-二　田島ビル八階
tel 03-5292-9188　fax 03-5292-9199
e-mail mori@bungak.com
ホームページ http://www.bungak.com
印刷・製本　潮　貞男

ISBN978-4-86438-521-3　C0092